왜가리는 왜가리놀이를 한다

문학과지성사에서 펴낸 이수명의 시집

고양이 비디오를 보는 고양이(2004)
언제나 너무 많은 비들(2011)
마치(2014)

문학과지성 시인선 R 10

왜가리는 왜가리놀이를 한다

펴 낸 날 2015년 11월 6일

지 은 이 이수명
펴 낸 이 주일우
펴 낸 곳 ㈜문학과지성사

등록번호 제1993-000098호
주   소 121-894 서울 마포구 잔다리로7길 18(서교동 377-20)
전   화 02)338-7224
팩   스 02)323-4180(편집) 02)338-7221(영업)
전자우편 moonji@moonji.com
홈페이지 www.moonji.com

ⓒ 이수명, 2015. Printed in Seoul, Korea

ISBN 978-89-320-2800-2

이 도서의 국립중앙도서관 출판예정도서목록(CIP)은 서지정보유통지원시스템 홈페이지
(http://seoji.nl.go.kr)와 국가자료공동목록시스템(http://www.nl.go.kr/kolisnet)에서
이용하실 수 있습니다. (CIP제어번호: CIP2015029261)

문학과지성 시인선 R 10

왜가리는
왜가리놀이를 한다

이수명

2015

너는 네 장미를 뽑아 던져버린다.
그러나 꽃들은 방 안을 빙글빙글 날아다니다가
너에게 꽂혀 다시 꼬불꼬불 피어난다.

1998년 6월
이수명

17년 전이다.
어느 날 왜가리가 잘못 날아왔는데
왜가리로 잘못 보았는데

사실 지금도 왜가리를 잘 구별하지 못한다.

2015년 11월

이수명

왜가리는 왜가리놀이를 한다

차례

시인의 말

일러두기

1. 이 책은 『왜가리는 왜가리놀이를 한다』(세계사, 1998)의 복간본이다.

2. 저자의 확인을 거쳐 수록 시의 편수와 순서를 조정하고 몇몇 시의 시어, 시행, 문장부호를 새롭게 확정했다.

3. 수록된 시의 경우, 현행 국립국어원 〈표준국어대사전〉의 맞춤법과 띄어쓰기 용례를 따랐다.

1부

식탁

식탁 아래 토마토 밭이 있어요
식탁을 휘감고 토마토들이
무럭무럭 자라는 밭이에요
보세요, 식탁 위엔 토마토가 없어요
보세요, 식탁을 찍어 올린 당신의 포크를

두 시와 정물

오렌지 레몬 사과가 담 왼쪽에 놓여 있다.
복숭아 자두 포도는 담의 가운데 놓여 있다.
담벼락은 지금 두 시다.
담 위에는 줄에 꼬인 마늘이 대롱대롱 매달려 있다.
마늘 껍질은 달아나는 모자처럼 자신을 뒤쫓게 한다.
하지만 나는 결코 담을 넘지 않을 텐데
담을 드러내지 않을 텐데

은사시 나무

그 나무를 베었을 때 갑자기 날이 환해졌다. 달리던 나무들이 모두 멈추었다. 쓰러진 나무 위에 걸터앉아 우리는 잠이 들었다. 그리고 아주 낮게 한 사람씩 호명하는 소리를 들었다. 이빨을 세운 채 톱날들은 나무 안에서 녹슬어버렸다. 한 번 밝아진 세상은 다시 어두워지지 않았다.

상상 속의 슬리퍼

마침내 나는 내 잃어버린 슬리퍼를 신고 서 있는 해안이 되었다. 나는 그 슬리퍼를 내 벽장에서 꺼낸다. 내 발에서 꺼낸다. 발코니를 치워다오. 포플러 가지가 새의 부리보다 날카롭다. 마룻바닥이 흘러 다니는 모래보다 더 부드럽게 손바닥을 편다. 소용돌이치는 해안은 벽장 안에 홀로 남았다. 발을 감고 슬리퍼는 거대한 자갈밭으로 간다. 자갈들이 맨발로 달리고 있었다.

사과나무

아침마다 사과를 먹는다. 몸속에 사과가 쌓인다. 사과가 나를 가득 차지하면 비로소 사과는 숨진다. 사과가 숨질 때 나는 사과나무를 본다. 사과나무는 아름답다.

때로 다른 일이 벌어지기도 한다. 내가 먹은 사과들이 내 게서 탈주하는 것이다. 어제를 살해한 오늘의 태양처럼 빛나 고 향기 나는 사과들. 사과는 사과나무를 불태운다. 사과나 무는 아름답다.

걸어 나온 사람과 걸어 들어간 사람

아침에 일어나 창을 열고 허공에 커튼을 묶는다. 커튼에서
걸어 나온 사람이 태양을 돌리고 커튼으로 걸어 들어간 사람
이 태양을 돌린다. 개미집에 붙잡혀 태양은 제 형상으로 앉
아 있다. 그 둥근 불꽃을 보고 나무는 전날의 나무를 통째로
삼키고 나는 우편배달부의 식사를 한다. 무엇을 어디로 보냈
는지 묻지도 않고 걸어 나온 사람이 태양을 돌리고 걸어 들
어간 사람이 태양을 돌린다.

유리와 눈동자

유리로 집을 한 채 지었다. 아무도 보지 못했다. 유리를 따라 길게 찢어지는 정오를 따라 홀이 서 있었다.

어느 날 나는 집 밖으로 나가 유리들을 부쉈다. 그러자 부서진 유리 조각들은 수많은 눈동자가 되어

모두 새로운 홀을 찾아 갔다.
홀에 대고 이야기했다.

거리에 세워진 창들이 일제히 나를 바라본다. 나는 그 유리창들이 밀고 다니는 풍경으로 떠다녔다.

그들의 오른쪽인지 왼쪽인지를 분간 못 한 채 그들이 세운 도시 속으로 흘러갔다.

나는 맨홀에 빠졌다

어느 아침 나는 맨홀에 빠졌다.
내 정원에
내 풀 깎는 기계
기계의 사이렌 소리
나는 맨홀에 빠졌다.

깎인 풀들이 나를 뒤따라 들어와
내 얼굴을 덮었다.
내 입에서 새어 나오는
사이렌 소리를 덮었다.

어느 아침 캄캄하기 위해

나는 맨홀에 빠졌다.
내 정원에
기계의 사이렌 소리
깎인 풀들이 나를 뒤따라 들어와
나를 파낼 수 없는 맨홀을 덮었다.

배드민턴 치는 아이들

두 아이가 배드민턴을 치고 있다.
하나는 땅에서 하나는 지붕 위에서
둘 사이를 오가는 피투성이 새가
두 아이를 만나지 못하게 한다.
아이들의 팔은 한없이 길어져
허공을 가르는 채찍 되어 서로를 묶고
깃털이 빠져버린 날아다니는 기계는
마지막 어금니를 떨어뜨린다.

지상의 새들은 지금 새로운 배드민턴을 찾고 있다.

저 아이들을 가까이 오게 하라
아이들을 쫓아내자
두 아이는 벌써 새로운 소매를 달고 있다.

왜가리는 왜가리놀이를 한다

왜가리는 줄넘기다.
왜가리는 구덩이다.
왜가리는 목구멍이다.
왜가리는 납치다.

왜가리는 왜가리놀이를 한다.

테이블은 하나다.
테이블은 둘이다.
테이블은 셋이다.
테이블은 숲 속에 놓여 있다.

손을 들고
숲이 출발한다.
테이블은 없다.

테이블 위로 왜가리는 도착한다.
걸어 다니는 테이블 위로 왜가리는 뛰어든다.

테이블은 부서진다.

숲이 출발한다.

왜가리는 하나다.

왜가리는 둘이다.

왜가리는 셋이다.

왜가리는 없다.

왜가리는 숲 속에서 왜가리놀이를 한다.

코르크 마개가 떠다닌다

코르크 마개가 떠다닌다. 땅을 깔고 보도블록을 깔고 그리고 오늘 하루는 무사하다. 머리를 부딪치며 대기 속으로 사냥꾼들은 사라진다. 안개 뒤에서 보이지 않는 총구가 웃고 있다.

한 공포가 다른 공포를 구부렸다 폈다 반복한다. 날씨는 급히 화창하다. 금빛 잔디들이 지평선을 넘어 끌려온다. 그들을 낭비하라 가장 넓게 그들을 내뱉어라

코르크 마개는 도시에서 가장 가벼운 것
코르크 마개를 따는 법을 알지 못하고

진입하고 진입하는 계절은 모든 잎들을 떨어뜨린다. 그리고 하루는 무사하다. 소리를 잃은 밀림의 입술, 도로를 베고 누워 있는 시대를 알 수 없는 종이들, 걸어서 세월은 아무도 없는 기후가 된다.

안개 뒤에서 보이지 않는 총구가 웃고 있다. 잔디를 깔고

평평하게 깔고 투명한 손목들이 무슨 표시인지 모를 손짓을
한다. 다음에도 손목을 계속하려 한다. 하나의 도시를 회복
한 코르크 마개가 떠다닌다.

신문 배달원

그가 비옷을 입고 있었기 때문에 비옷을 입은 무리들이 그를 겁냈다. 비옷은 비를 내린다. 그가 밟는 페달이, 자전거 바퀴가, 지나가고 난 뒤의 톱니 모양 자국이 비를 내린다. 그는 비를 밖에 세워 두는 버릇이 있었다. 톱니 모양의 으깨진 태양을 밖에 세워 두는 버릇이 있었다. 그가 비옷을 입은 무리들에서 왔기 때문이 아니었다. 그는 손을 놓고 자전거를 탔기 때문에, 자주 자전거는 빗속에 용해되었기 때문이었다. 비가 내리는 날은 나무들이 제 잃어버린 자전거를 타고 모두 하늘로 올라갔다. 그가 비옷을 입고 있었기 때문에 비옷을 입은 무리들이 모두 하늘로 올라갔다.

물고기와 컴퍼스

한 마리 물고기는
뾰족한 두 다리를 가진
한 개의 컴퍼스이다.
그는 그의 바닥에 서 있다.
그는 그의 바다에 서 있다.
한 마리 물고기는
조금 작거나 조금 크게
원을 그리며
출발 지점으로 되돌아온다.
바다를 짚고
바다에 갇혀
바다를 그린다.
바다를 그리고 날 때마다
한 마리 물고기는 실종된다.
한 마리 물고기는
자신이 벗어나지 못하는 곳에서
자신이 보았던 환각의 각도를
완성한다.

앵무새

3

앵무새가 앓고 있다. 안녕 나의 친구, 하고 말하지도 않았다. 모자를 쓰고 가라는 충고도 없었다. 나는 그를 정원의 한구석에 내려놓았다.

천둥 번개가 대지를 폭격하는 날 밤이었다. 나는 한 그루의 나무가 뽑히는 걸 바라보았다. 나무는 몇 미터인가를 날아갔다가 되돌아와 정원을 쓰러뜨렸다. 안녕 나의 친구,

2

나는 후임자이다. 여러 개의 모자를 쓰고 여러 벌의 외투를 입고 나는 여러 번 앵무새로 알려졌다. 앵무새는 플러스이다. 그의 물방울 같은 성대가 나의 맨발을 간지럽힌다. 앵무새는 무한한 플러스이다.

1

    모임이 시작되자 모두 앵무새를 꺼냈다. 나는 앵무새의 꼬리를 잘랐다. 그러자 앵무새는 경쾌하게 노래하며 빙글빙글 돌았다. 나도 나의 무대도 빙글빙글 돌았다.

누군가

누군가 내 눈을 가져갔다. 나는 그 눈에서 뛰쳐나온 눈물이었다. 어디로 갈지 몰라 나는 내가 마셔댄 깊은 우물이었다. 나는 마시는 강이었다.

나는 합창을 한다. 아침보다는 저녁에 저녁보다는 아침에 누군가의 목을 조른다. 푸른 화음이 꽃처럼 터지는 아침에

나는 누군가의 손에 박힌 못, 소음의 한 형식이다. 나는 오르간의 뚜껑이고 내 부모의 뚜껑이고 내게 꽂힌 나보다 큰 주삿바늘이다.

나는 들어간다 누군가의 꿈속으로. 그 속엔 황톳물이 흘러가고 말리지 못한 꽃들이 떠다니고 내 노래들이 휩쓸린다.

그리고 다시
죽은 채, 그의 꿈속에서, 나는 희미한 새벽이 되었다. 희미한 새벽으로 떠나갔다.

누군가 눈을 뜬다 내 눈으로. 나는 웃으며 줄넘기를 한다. 나를 붙잡는 팔도 나를 놓아버린 팔도 함께 데리고 줄넘기를 한다.

사과 폭격

사과를 놓친다. 사과를 놓치고 넌 나부낀다. 사과가 마차를 타고 울타리를 넘을 때 넌 넘어지는 울타리로 나부낀다.

사과는 씨를 뱉는다. 나무에 매달린 씨를 뱉고 덫에 걸려든 씨를 뱉고 테이블 위를 날아다니다가 테이블을 뒤엎는다.

사과는 밖이다. 사과가 사과를 나열하고 사과는 사과를 방류한다. 사과가 내미는 동그란 혀는 이미 목구멍이 부서진 세계의 상형문자가 아니다.

사과는 자신의 색으로만 돌아오고 돌아오고 돌아온다.

무엇을 보고 있는가? 발뒤꿈치를 들고 있는 숲이여, 지금 사과들이 너의 머리 위를 폭격하고 있다.

환멸

개나리꽃이 진다. 개나리꽃을 잉태한 봄은 총력을 기울여 개나리꽃을 떨어뜨린다. 꽃이 지는 것은 꽃의 환멸 때문이다. 가장 완벽한 동의가 환멸이기 때문이다. 가장 완벽한 동의의 옷을 입고 푸른 잎들이 그 자리에 태어난다.

2부

검은 장갑

흰 손이 검은 장갑을 끼었을 때 빈틈이 없었다.

(세상이 불현듯 돌기 시작했다.)

흰 손이 검은 장갑을 끼는 것은 검은 장갑의 빈말이었다.

(검은 장갑의 깨어날 수 없는 현실이었다.)

흰 손은 검은 장갑 밖으로 한 번도 나오지 않았다.

(아무도 흰 손을 보지 못했다.)

흰 손의 나라에는 검은 장갑들만 걸려 있었다.

기하학은 두 번 통과한다

내가 앉은 테이블에 세계도 앉는다. 그는 나를 소개한다. 비가 내리고 있고 그의 목소리는 잘 들리지 않는다. 그가 무어라고 손짓하면서 나를 일으켜 세운다. 나는 말한다. "화살표를 따라 가시오."

그가 머리 위로 손뼉을 친다. 팔을 열었다 닫으면서. 그는 두 팔의 대칭에 빠진다. 그와 나의 대칭에 빠진다. 나는 물에 잠긴 잠수교를 그린다. 나는 세계를 전염시킨다.

철봉 넘는 사람

벨을 누른다. 깊이 잠들었던 집이 일어나 계단을 내려온다. 문이 모두 열려 있다. 집 안에는 철봉 하나가 놓여 있고 누군가 매달려 그 철봉을 넘고 있었다. "기다리고 있었소, 우리의 탈출 계획은 완전하지요." 철봉이 삐걱거리는 소리가 몹시 크게 들렸다. "우리는 모두 점화되었소, 나는 지체할 수가 없어요." 내 목소리가 필사적으로 철봉에 부딪쳤다. 그는 점점 커다란 원을 그리며 철봉을 잡고 몸을 돌리고 있었다. "당신은 내 발등에 돋은 불이오. 먼저 당신이 나를 돌리는 것을 멈추어야만 하오."

파리

1

파리가 벽을 뚫고 들어온다.
빗자루를 집어 던지는데
그것은 벽이 흘린 땀이다.

2

파리는 터무니없는 곳에
터무니없이 가까운 곳에
내려앉을 세계를 보여준다.

3

나는 트럭을 출발시킨다.
나는 식물의 줄기들을 출발시킨다.

파리는 내려앉는다.

4

파리는 무질서 위에서 무질서에 무관하고
나는 질서 위에서 질서를 탓한다.

5

파리는 독수리보다
제트기보다
큰 눈을 가지고 있다.

6

나는 새로운 집을 짓는다.
나는 새로운 기와를 얹는다.
파리는 새로운 스카프를 매고 있다.

양파

양파를 깐다.

흰 식탁보 위에서 한 손이 다른 손을 닮는다.

벽돌이 올라가는 소리 벽돌이 날아다니는 소리 벽돌이 달라붙는 소리

아침에 노새 한 마리를 보았다. 놓여 있기를 바닥에 덩그러니 노새가 고여 있기를 사용하기 전에 노새가 온통 부서지기를

긴 호스를 끌고 다니며 물을 쏟았다.

내 손에서 갈라지며 나는 눈 먼 가장 가벼운 양파 껍질들이었다.

그리하여 이렇게

나의 양파들은 불탄다.
나의 양파들은 튀어 오른다.
나의 양파들은 나의 늪이다.
나아가고 나아갈수록 나는 나의 운명에 평등해졌다.

천 개의 흰 식탁보들이 일제히 춤을 춘다.
그것은 천 개의 손가락

긴 호스를 끌고 다니며 물을 쏟았다.

엎질러진 양파 위로 떨어지는 빛이 양파 속으로 들어가 그
어둠을 밖으로 내밀 때 내가 텅 빈 양파로 날마다 식탁에 오
를 때 무허가의 이 투명한 터널로 내 피가 증발해버릴 때

천 개의 흰 식탁보들이 일제히 춤을 춘다.

나아가고 나아갈수록 나는 나아가지 않았다.

다시 어둠이 와서 아침과 부딪칠 때 어둠은 나아가지 않았다.

풀은 무엇으로 태양을 녹이는가

풀은 성채를 이고 있다.
풀은 담벼락을 이고 있다.

풀은 무엇으로 태양을 녹이는가

들판을
빈 들판을 채우려 했다.
기후로 채우려 했다.
오늘의 기후로 채우려 했다.
기상이여
이 일대를 잃어버리지 않도록

풀은 새로운 기법이다.
풀은 새로운 시간을 맞춘다.
시간을 어떻게 맞추는가
풀은 풀을 향해 나아가고

풀은 무엇으로 태양을 녹이는가

너는 풀밭에 세워진 석상이다.
너의 머릿속에서 풀이 자라고
너의 입으로 풀이 비명을 지른다.
너의 손이 어두운 풀을 던지길 기다려

풀은 무덤 위로 올라간다.
풀은 오늘보다 한 뼘 웃자란다.
풀은 태양을 이고 있다.

풀은 무엇으로 태양을 녹이는가

채소밭에서

채소밭에 들지 말아라
채소들은 서로 바뀌고
채소들은 회전하고
순식간에 녹아서 사라진다.
빈 채소밭에 쭈그리고
앉아 있지 말아라
채소들은 순식간에 너를 덮는다.
채소들은 너보다 멀리
들판을 향한다.
네가 하나하나 그들을 목 매달 때
너의 수확이 밭에서 굴러다니는
돌들의 눈을 찌를 때
그 돌들은
아무도 알지 못하게
다시 돌이 된 것이다.
그러니 채소들이 비스듬히 누워 있는
채소밭을 밀고 가지 말아라
네 손과 발 아래서

네가 빠져 나올 수 없는 세계가 확대되고

너는 채소를 일으킬 수 없다.

채소들은 공중에서 떨어진다.

유리창

유리창은 깨진다.
내가 지나갈 때마다
나를 읽었기 때문이다.

종달새가 깨진 틈을 틀어막는다.
그 틈 사이로
나무들이 떨며 목을 맨다.
이 나무에서 저 나무로
나무 속에는 푸른 나무를 베끼는
숲이 있었다.

내 손톱 내 도자기 내 선실은 배를 돌아오지 못하게 한다.
배는 나를 돌아오지 못하게 한다.
나는 안전하다.
세계는 나를 지연시킨다.

나의 기억보다
아주 느리게 햇살이 아침을 펴든다.

그러면 나는 종달새가 먹을
내 손짓을 마당 가득 뿌려댄다.

물구나무선 카페

카페 주인은 나를 알지 못한다.
문이 열릴 때마다 형광등이 곤두박질치고
그는 자꾸만 의자에서 굴러 떨어진다.
나는 떨어진 신문을 집어 올린다.
마룻바닥 속에 숨어 있던 식물의 싹이
식탁 위로 올라와 기어다닌다.
내가 입맞추면
이 모든 것은 사라질 것이다.
나는 주인에게 문 닫을 시간이 되었다고 말한다.
그는 아직도 내게 차를 내오지 않았다.
그러나 열망의 방향을 모두 소환한
가구들처럼
그는 내 말을 듣지 못한다.
나는 가스 불 위에 직접
걸어 나가려는 주전자를 얹는다.
이 모든 것은 사라질 것이다.
다시 불 위에 무언가를 올리는 순간
사라져갈 것이다.

지금 내가 마실 환약이 어떤 것인지
나는 알지 못한다.
나는 카페 주인을 알지 못한다.
어둠이 흰 앞치마를 두르고 있었다.

나에게 알려진 잠

선반 위에 깡통이 두 개 놓여 있다. 내가 오늘을 소비한 빈 깡통들이다. 깡통들이 떨어지는 소리를 들은 것 같은데 그것들은 제자리에 놓여 있다. 그들의 유쾌한 함구, 나는 깡통의 잠을 자고 있나 보다.

마룻바닥에 엎드려 있는데 이것이 어느 바닥인지를 모르겠다. 염소가 바닥을 빙글빙글 돌고 있다. 나는 염소의 잠 속에 들어 있나 보다. 잠을 이해할 수 없다. 이해할 수 없는데 잠이 끝났다. 잠 속에 염소를 두고 온 것이다. 생각을 해도 알 수 없다.

나의 격자창은 새들의 뼈로 만든 것이다. 그것은 어떤 멜로디를 반복한다. 그것은 어떤 얼굴을 반복한다. 창살마다 똑같은 얼굴이 나를 들여다본다. 나는 지금 이곳으로 들어오지 못하는 자의 잠을 자고 있나 보다.

녹지 않은 눈

유리창이 넓이 뛰기를 한다.
울타리가 달린다.
눈앞에서 기차가 멀어진다.
레일 위로 화물들이 쏟아진다.

거미들이 일제히 전신주를 기어오른다.
거미들이 수직으로 서 있다.
붉은 스웨터를 입은 너의
둥근 어깨가 얼핏
사라지는 것이 보였다.

탐색의 시기는 끝났다.
마을을 습격한 햇빛이
진흙 속에서 비명을 지른다.
내 무거워진 귀는 나를 눕힌다.
내 무거워진 귀는 더 멀리 나를 눕힌다.

도배

바이올린은 들어 올린 발의 뒤꿈치이다.
열어놓은 창으로 거미줄이 일제히 쏟아져 들어온다.
벽들이 거미줄 타기를 하며 서로 자리를 바꾸는 동안

벽에 손을 대지 않고
벽을 밀며 지나가고 싶었지만
대기를 밀며 지나가고 싶었지만

무엇인가 뒹굴고 있기에
대기는 움푹 파여 있다.

벽에 손을 대지 않고
도배를 할 땐
벽이 빠져나갈 수 있도록
벽의 덫을 키워야 한다.

의자 밑에 고양이가 잠들어 있다.
의자를 치우지 말아라

벽을 바를 땐

벽에 잔뜩 풀칠을 하고

여러 가지 무늬의 종이를 붙이고 있을 땐

투명한 홀

아침엔 오늘의 냉동식품을
해동합니다.
레인지가 빙빙 돌아갑니다.
태양에 거미줄이 걸려 있습니다.

튀어나온 콩알이
마룻바닥을 달립니다.
마룻바닥을 통통 튀며 달립니다.

두 다리가 엇갈리며
쫓아갑니다.
한꺼번에 내가 움직이는 것 같습니다.
내가 그린 파충류들이
그물처럼
쏟아지는 공포를 조입니다.

최후의 장식은 해안선을 따라 걷는 일입니다.

폭죽을 터뜨리던 아카시아 꽃이

아무도 없는 오전으로

나른한 잠에 빠집니다.

계단마다 두 발이

계단마다
두 발이
화분처럼
놓여 있다

두 발은 낫지 않는 오페라이다

계단마다
두 발이
당일 행사
품목이다

두 발은 낫지 않는 오페라이다

한 번에 이룬
검고도 흰 참석이다

계단마다

두 발이

아무런 발육도

하지 않는다

얼음의 잠

양팔을 벌리고
허수아비가
복종을 편든다.

모든 음역을 풀어 모든 짐을 잃어

양팔을 벌리고
허수아비가
얼음을 먹는다.

얼음이 얼음에 부딪치는 잠은 투명하고 무겁다.

오늘 너의 혀가 천천히 물들 것 같아
난처한 일이다.

너의 두 팔을 그만 앞으로 모아라
너의 두 팔이 서로 빗나가게 하라

양팔을 벌리고

허수아비가

명령하는 새들을 편든다.

푸른 외투

1

푸른 외투를 입고 너는 수풀로 우거졌다.
푸른 이끼 푸른 시소 푸른 거위의 흉내를 냈다.

2

팔을 내밀어 뛰어 오르던 들판은
한 마리 푸른 메뚜기로 숨겨갔다.

3

다시 마당에 가득 쌓인 푸른 상자를 날랐다.
하나의 상자가 다른 상자들 있는 곳으로 자꾸만 되돌아갔다.
이것이 상자인 것처럼
상자가 가능한 것처럼

4

푸른 외투는 빛을 에워싼다.
그러나 빛을 알지는 못한다.
네가 처음 푸른 외투를 입은 때를 너는 기억하지 못한다.

5

하나의 옷을 걸치면 그러면 너를 입고 있는 자는 누구인가

6

그러나 박힌 못이 녹슬어 부서지고
거기, 너는 푸른 외투를 걸어야만 하리라

벌레의 집

　네가 타일 위를 미끄러지고 있을 때 깨진 타일 속에서 하프 소리가 들려왔다. 하프 소리에 맞춰 비눗물이 춤을 추었다. 너는 비눗물에 녹았다. 너는 아주 고르게 분포되는 것 같았다. 간혹 하프 소리는 부서진 벽돌 틈으로도 들려왔다. 멈추어라 타일이여 팔을 풀어라 벽돌이여 하지만 어떻게 타일을 멈추는 것인지 비눗물이 모든 곳을 통과하는 밤

페인트칠

한 남자가 담벼락을 페인트칠하고 있다. 붓을 들고 한쪽 끝에서 다른 쪽 끝으로 오가며 손을 놀려댄다. 붓이 닿는 순간 담벼락은 무너진다. 푸르게 검게 또 푸르게 무너진다.

새 한 마리가 하늘을 날아다닌다. 날아다닐수록 유폐의 경계는 분명해진다. 새가 하늘을 통과할 때 새는 하늘을 가둔다. 하늘은 새의 날개를 가져간다.

그 남자는 낙담한다. 그가 붓을 떼자마자 페인트칠은 간곳없다. 거대한 담벼락이 원래대로 돌아와 있다.

다리 위에서 만난 사람

나는 걸어갔다.
그가 내게 던진 다리를 따라
그는 다리 한가운데 서 있었다.

"물속의 다랑어들이 모두 떠올랐소."
우리는 어깨를 나란히 하고 걸었다.
"모두 칼을 맞았지요."

물방울들이 풍선처럼 부풀어 올랐다.
물방울들이 다랑어의 긴 수염에 매달렸다.

"당신은 아직도 칼을 쥐고 있소."
그는 내게 몸을 기울였다.
"당신은 아직도 칼을 꽂고 있소."

햇빛에 몸을 뒤집는 물방울들이 아름다웠다.

나는 걸어갔다.

내가 다리를 다 건넜을 때

물속엔 다랑어들이

유유히 몸을 돌리고 있었다.

3부

사라진 공

아스팔트는 뜨거웠다.

아스팔트가 뜨거운 숨을 토할 때마다
나는 하늘 높이 공을 던져 올렸다.

십 년 이십 년이 지나자
열매의 닫힌 입이 벌어지고
나는 밀고되었다.

내가 올린 공은 하나도 돌아오지 못했지만
나는 체포되었다.

이제 나는 무엇으로든 잘 나타나고 있다.

비둘기 떼

　오후 한 떼의 비둘기, 비둘기가 광장을 쪼고 있다. 태양은
땅에 닿지 않고 광장이 냅킨처럼 흔들린다. 한 떼의 비둘기,
날아다니는 상한 음식 사이로 비둘기의 두 눈이 떨어진다.
배치에 소홀함이 없어서 끊어진 나무에 손을 담그는 사람들

　비둘기는 떨어진 제 눈을 쪼아 올린다. 지상의 거처란 덧
문이었을까. 나무의 효과는 나무에게서 멀어지고 잎새들이
일제히 무효가 되어 땅에 엎드린다. 비둘기는 위치하지 않는
다. 두 날개가 서서히 달라붙을 뿐, 밤이 오기 전 헛간같이
서 있던 탑이 알아들을 수 없는 고함을 치고 있다.

죽음의 산책

보이지 않는 별들을 장전한 하늘은 한 대의 제트기로 두 동강 난다. 하루 한나절이 내내 과장되어 사람을 바꾸어댔다. 사람을 개방했다. 걸어서 네 삶은 기어코 이웃이 되었다. 허리를 숙이고 있는 이웃, 여기에 이르러 너는 수평의 늪이 된다. 길이가 아니라 너를 가두는 것은 한 뼘의 넓이다.

고양이 한 마리가 네 심장을 할퀴고 뛰쳐나간다. 하지만 머지않아 그는 다시 네게로 스며들 것이다.

풍토는 지치지 않고 시들어간다. 낮과 밤의 가난한 교환으로 도망자들은 돌아온다. 어느 숲이든 베어져 있다. 이렇게 조용하고 시끄러운 날들 속에서 불현듯, 네가 드나드는 말문에는 네가 닳아버리게 할 자세가 없다. 그래도 너는 네 생의 최후의 점거자처럼 어깨를 떨군다.

나날이 세계가

뺨을 들고 있을 때 뺨이 꺼졌다.
나날이 세계가 상해간다.

죽을 끓인다.
끓지도 않고 연기가 난다.

내가 어둠을 발견한 것은
어둠의 부축을 받고 난 이후였다.

내가 어둠에 도달하지 못하는 것은
어둠의 갑옷을 입고 있기 때문이었다.

나는 새로운 종이 비행기를 날린다.

침상에서 봉합되는 사람들
그러나 무엇을 봉합했는지 모르겠다.

검은 연못

집에 돌아와 신문지에 싼 것을 풀어보니 검은 연못이다. 돌아서는 어깨를 붙잡아 하얀 자갈들을 던진다. 내 눈은 멀리 사라진다. 분열하는 것은 나의 그물이다. 시월의 빛이다.

렌즈가 얇아지고 있다. 렌즈가 검은 연못 위에 떠 있다. 맨발로 집안을 돌아다닌다. 금이 간 내일에 큰 구멍을 뚫어버릴 것이다. 어떻게 검은 연못을 떼어낼 수 있을까

비가 얼마나 더 내릴지 얼마나 더 서 있을지 층계를 올라온 나뭇잎들이 머뭇거린다. 나뭇잎은 하루 종일 나를 돌아다닌다. 무어라 말하고 싶었지만 말이 내 입을 스쳐 지나간다. 나뭇잎은 스스로 목숨을 끊는다.

사라지는 숲

어느 날 내가 불을 지른 숲은
어느 날 사라졌던 동물들이 뛰쳐나온 숲이었다.
어느 날 뛰쳐나오는 동물들 뒤로 사라지는 숲이었다.

그 숲 속으로 늙은 눈먼 동물 하나가 환하게 불붙은 제 뿔을 이고 걸어 들어간다.

숲은 찢어진
날개처럼
불길과 충돌하지 않는다.
숲은 불보다 앞서고
불은 숲을 앞지른다.

피를 흘리는 나무들
잘린 숲들
여기저기 움푹 발이 꺼져 들어가고
인용되지 않은
솔방울들이 흩어지고

죽은 솔방울 속으로

늙은 눈먼 동물 하나가 환하게 불붙은 제 뿔을 이고 걸어
들어간다.

내가 한 마리 물고기였을 때

내가 한 마리
깊은 바닷속 물고기였을 때
무엇이 나를 데려다놓았는지 몰랐다.
물결 위의 물결, 떠도는 바다의 혓바닥은
침엽처럼 소리를 잃었다.

나는 물고기
바다를 닫으려 했다.
바다를 닫고 밖으로 나가려 했다.
나의 외출 그러나
바다의 외출

바다는 끝이 없고
바다의 죽음도 끝이 없어
쉬지 않고
바다는 나를 물고기라 불렀다.
물고기가 널리 퍼졌다. 거품으로
거품은 다시 바다로

퍼져갔다.
검은 수초가 떠다녔다.

내가 한 마리
깊은 바닷속 물고기 되어
바다와 만나려 하였을 때
나는 눈을 뜬 채 바다 위로
바다를 벗고 떠올랐다.

나무 타기

마당에는 아무도 없다.
혼자 팔을 뻗는 것
뻗었다가 다시 웅크리는 것
나무는 시간을 보내고 있다.

질문을 파괴하고
자세를 부풀린다.

나무는 수직의 태엽을 감아주는 그늘을 따라 가장 작은 잎
사귀에도 붙어 있다가 땅으로 떨어진다. 땅에 떨어진 나무는

받아들여지지 않는다. 혼자 팔을 뻗는 것
뻗었다가 다시 웅크리는 것

하지만 너무 둥글어지지 않도록

잠 속으로 아주 기다란 못이 들어온다.

나무를 타고 나서 매미는 울었다. 형체 속으로 들어갈 수
없는 것들이 있다.

거울 속에서

거울 속에서 그는 벌채를 한다. 풀이 있고
풀이 있고 풀이 계속되고
거울 속에서 그는 손가락을 벌린다. 손가락과 손가락
사이로 피가 떨어지지 않는다.
거울 속에서 그는 흐느낀다. 소리가 도살된 입이 사방으로
찌그러진다.

간밤의 하객들을 모두 밖으로 내놓고
하객에게 하나하나 튤립을 꽂고

며칠 전에 그가 부친 불안을 마중 나간다. 내가 알았던 얼
굴들이 모두 하나로 겹쳐진다. 하나의 거리에 그 얼굴들은
떨어져 있다. 나는 여태 같은 페이지를 넘기고 있다. 텅 빈
빌딩들이 따라온다.

거울 속에서 자객이 튀어 나온다.

나는 자객을 천천히 펼치고 경치를 펼치고 주위를 둘러본다.

풀이 있고

풀이 있고 그는 홀로 무성하다.

거울 속에서 수시로 떠다니는 포도알들이 똑같이 검다.

그 포도알들을 으깨는 중이다.

그의 모자 속으로 우리는 잠수한다

어두워지고 아무도 도시를 옮겨 놓지 않는다.

그의 모자 속으로 우리는 잠수한다.

혼절한 빌딩들이 온몸에 창을 낸다.

창에서 쉬지 않고 물방울들이 떨어진다.

하늘은 천천히 땅의 병들을 두드린다.

최초의 함성,

병들의 입구는 날아가버렸다.

그 시간이 새는 구멍을 물고

날들이 지나간다.

모든 날은 좁고 둥근 혀

이 도시는 죽음과 혼례를 치렀다.

시신들이 여기저기 분산 안치되었다.

지상에 이렇게 나를 떨어뜨렸구나

지상에 내가 한 홉 있구나

거리에는 사람들이 새로 육체를 받으며 지나가고

인파가 떠 있어서 인파로부터 시작하여

그의 모자 속으로 우리는 잠수한다.

개미

내일을 놓칠 것이다. 너는 식어 있다.
그러나 다시 몸을 밖에 내놓으면
기분이 좋을 것이다.

어디선가
너의 깃털들이 세계를 간지럽힌다.
너의 유실된 깃털들이

여러 해 동안 공기가 축축하다.
기다리지 못하고
너는 구부러진 발목을 상속한다.

그리고 그것으로
온종일 돌아다닌다.
한 점 몸으로 밖을 표시한다.

컵에 물을 따를 때

컵에 물을 따를 때 컵은 따뜻한 손이다. 최후의 손이다. 나는 그 손을 움켜잡는다. 흔들리는 물, 눈금 같은 내 이빨은 모두 빠지고 나는 잇몸을 갖다 댄다. 컵은 잇몸이다. 컵에 물을 따를 때 내 입 속엔 먼지가 가득 쌓여 있다. 컵 바닥엔 먼지가 쌓여 있다. 터벅대는 비행기의 느린 구보, 무릎으로 떨어지는 심장, 내 비명의 각도는 더욱 좁아져 더 이상 아무도 불러내지 못하리. 컵에 물을 따를 때 컵 속에서 물이 단숨에 녹슬어버릴 때

가을을 던지는 나무

나무여, 너를 뒤집으며 타들어가는 잎들을 보아라 그 여름, 네가 몸을 섞은 것은 또 한 번의 빛이었구나 아무도 없는 바깥을 홀로 서성이는

대상은 나를 지연시킨다
나는 잘 나타나고 있다

박상수

1. '나'가 아니라 '대상'에서 출발하는 시

오랫동안 이수명을 사랑해왔던 사람이라면 이처럼 반가운
선물이 또 있을까? 한국 시단의 최전방에서 치열하게 제 길
을 개척해왔고, 지금도 흔들림 없이 제 몫을 다해나가고 있는
이수명. 올해로 등단 22년차, 그녀는 『새로운 오독이 거리를
메웠다』(1995)부터 가장 최근의 시집 『마치』(2014)까지 벌써
여섯 권의 시집을 낸 중견 시인이다. 이번 시집은 그녀의 두
번째 시집 『왜가리는 왜가리놀이를 한다』의 복간본으로, 해
설 없이 67편만이 실렸던 1998년 세계사판에서 무려 17편이
빠지고 50편의 정수만이 담긴 채로 다시 발행되는 것이다. 시
인이 고백한 적이 있거니와 첫 시집 『새로운 오독이 거리를

메웠다』의 경우 주로 등단 이전의 작품이 무작위로 묶인 것이라면 두번째 시집 『왜가리는 왜가리놀이를 한다』는 그 첫 시집과의 완전한 단절을 이루며, 1994년 등단 이후, 비로소 이수명이 앞으로 자신이 탐구해나갈 시 세계의 밑그림을 제대로 펼쳐 보인 사실상의 첫 시집이라고 할 수 있겠다. 그런 이유로 새로운 표지와 판형으로 다시 만나게 되는 이 시집은 오래 그녀를 따라 읽어온 독자들에게는 그 의미가 각별할 수밖에 없다.

그동안 이수명의 시를 제대로 읽기 위해 많은 평자들이 글을 제출한 바 있고 그만큼 훌륭한 글들이 많았지만 이들이 대체로 시집 자체만을 이야기하기보다는 언제나 우리의 일반적인 관념 체계와 인간성의 한계를 지적하며 글을 전개한 이유는 그녀의 시가 가장 첨예하면서도 끈질기게, 인간의 편에서 대상과 세계를 해석하려는 프레임과 대적해왔기 때문이다. 인간적인 관점이 뭐가 나쁜가. 이 세계와 평등한 관계를 맺거나 오히려 대상을 높이 생각하며 매번, 매 순간, 매일 새롭게 감각과 인식을 리셋하고 처음인 것처럼 살려고 한다면 문제가 없다. 그러나 에너지를 적절히 절약하려는 인간의 성향은 대체로 어제의 관성에 기대어 대상을 만나고, 어쩔 수 없이 자기 자신을 기준으로 타인과 사물을 줄 세우며, 별 고심 없이 이해관계에 따라 판단을 내리면서도 아닌 것처럼 스스로를 합리화하기를 좋아한다. 판단의 기준을 '대상' 혹은 '세계'에 두는 것이 아니라 늘 '나'에게 두고 있기에 그렇다. 인간보다 사물과 세계가 절대적으로 더 큰데도 불구하고 우리는 그렇게 살아간다.

자각이 아예 없거나, 이런 것이 인간이려니 싶은 마음으로 세상을 살아가는 사람이 상당수이겠지만, 또 이 모든 것을 용납하되 관점의 차이를 입체적으로 수용하면서 대상과 세계를 만나려는 시도가 비교적 합리적으로 보이는 것도 사실이지만, 어떤 사람은 인간을 기준점 삼는 프레임 자체를 다시 짜려는 시도를 벌인다. 그야말로 전면적 반성의 방식이다. 일반적인 시라면 대체로 (인간적인) 시적 주체가 중심이 되어 내면을 표현하기 위해 언어를 동원하고, 이에 어울리는 대상을 가져와 쌓고 연결하여 감각을 구체화하고, 의미를 발생시키는 비슷한 방법론에 기대왔다. 어떤 의미에서 시적 주체의 내면성을 확장시켜 이 세계를 덮어버리려는 유혹에 가장 취약한 것이 시이기도 하다.

일찍이 감각적으로 그 한계를 느꼈던 이수명은 철저하게 이와는 반대의 길을 개척했다. 대상의 편에서 시를 출발시키고 관행적 인식에서 최대한 멀리 벗어나는 방식으로 언어의 자율성을 풀어놓았으며, 대체로 시적 주체를 마지막에 위치시키되 그것을 최대한 약화시키거나 지워나가는 방식으로 시를 써온 것이다. '인간'이라는 중심축이 희미하기에 이수명의 시에는 기준점이 없는 것처럼 보인다. 당연히 낯설 수밖에 없다. 사실은 기준점이 반대로 뒤바뀐 것인데도 불구하고 우리는 그것이 없어졌다고 착각한다. 상당히 난감해한다. 원근법으로 잘 배열된 그림에서 갑자기 소실점이 사라진 상황을 떠올려보면 될 것이다. 입체감과 깊이감은 지워지고 사물은 제 각각 아무런 규칙 없이 흩어진 것처럼 보인다. 사물의 관점에서, 우리가 알던 세계는 역기술된다. 여기에는 이상에서 출발하여 김춘수와 이승훈, 오규원에 이르는 한국 시의 반인간주의 혹은 비인간주의적 전통이 개입되어 있지만,『왜가리는 왜 가리놀이를 한다』는 특히나 '대상의 관점'에서 시를 쓰려고 했다는 점에서, 그 출발 지점의 고민과 도전의 흔적을 고스란히 간직하고 있다는 측면에서, 지금까지 한국 시의 관행적 시 쓰기에 반하는 새로운 방법론의 등장을 알리며 불현듯 우리 시단에 기입된 독창적인 성과물이었다.

2. '의미'가 아니라 '존재': 페인트칠을 하지 않겠습니다

이수명의 시를 잘 읽기 위해서는 우리의 평균적인 '감각-사고 시스템'을 리부팅해야 한다. 〈주체 → 언어 → 대상(사물)〉이라는 위계 속에서 세계를 감각하고 시를 이해하는 방법을 이수명의 방식으로, 즉 〈대상(사물) → 언어 → 주체〉라는, 완전히 반대되는 방식으로 뒤바꾸어야 한다. 그러나 곧바로 '대상(사물)'의 편에 서기는 힘들기 때문에 먼저 대상으로 접근하는 과정을 단계별로 밟아보기로 하자. 이수명의 도전이 기계적이고 단계적으로 진행되었다고 말할 수는 없지만 좀더 손쉬운 이해를 위해 이를 단순한 논리회로로 정돈하여 서술해보자는 말이다.

①

한 남자가 담벼락을 페인트칠하고 있다. 붓을 들고 한쪽 끝에서 다른 쪽 끝으로 오가며 손을 놀려댄다. 붓이 닿는 순간 담벼락은 무너진다. 푸르게 검게 또 푸르게 무너진다.

새 한 마리가 하늘을 날아다닌다. 날아다닐수록 유폐의 경계는 분명해진다. 새가 하늘을 통과할 때 새는 하늘을 가둔다. 하늘은 새의 날개를 가져간다.

그 남자는 낙담한다. 그가 붓을 떼자마자 페인트칠은 간 곳 없다. 거대한 담벼락이 원래대로 돌아와 있다.

—「페인트칠」 전문

②

오렌지 레몬 사과가 담 왼쪽에 놓여 있다.

복숭아 자두 포도는 담의 가운데 놓여 있다.

담벼락은 지금 두 시다.

담 위에는 줄에 꼬인 마늘이 대롱대롱 매달려 있다.

마늘 껍질은 달아나는 모자처럼 자신을 뒤쫓게 한다.

하지만 나는 결코 담을 넘지 않을 텐데

담을 드러내지 않을 텐데

—「두 시와 정물」 전문

위의 두 편은 이수명이 사물을 어떻게 대하는지, 그녀의 방법론이 어떻게 출발하는지를 보여주는 일종의 시론 격의 시에 해당하는 작품이다. 먼저 ①을 보자. 이 시의 인간적인 주체라고 할 수 있는 '한 남자'가 담벼락이라는 대상에 페인트칠을 하고 있다. 일반적인 시인의 상상력이라면 그가 담벼락에 칠하는 색깔에 따라서 담벼락의 성질은 변하고 모양이 바뀌면서 시는 확장되고, 이 시는 애초의 남자가 가진 내면을 구체적으로 형상화하여 보여주는 캔버스가 되거나 지나가는 타인에게 정서적 영향을 끼치는 작품으로 한 단계 더 발전할 수도 있다. 남자와 타인은 이해와 공감을 나누는 관계로 변하여 문득 감동을 빚어내기도 할 것이다.

　　그러나 반인간주의, 혹은 비인간주의라는 시적 방향을 가지고 있는 이수명은 인간의 손이 닿자 오히려 대상이 무너져버리는 순간에 대해 이야기한다. 담이 무너지자 새의 날갯짓은 새로운 가능성으로 확장되지 않고 하늘에 갇히며 결국 남자는 낙담하고 만다. 흥미로운 것은 낙담한 남자가 페인트칠을 그치자 페인트칠은 간 곳이 없고 "담벼락이 원래대로" 되돌아온다는 사실이다. 그러니까 대상에 인간적인 해석이나 의미 부여가 개입되는 순간 대상은 애초의 생명력과 가능성을 잃고 죽은 것이 되며 그러한 개입이 없을 때, 차라리 대상은 무수한 가능성을 잠재적으로 품은 "거대한" 사물로 회복된다는 것이다.

② 또한 마찬가지이다. 두 시 방향으로 기울어진 담을 사이에 두고 왼쪽에는 오렌지와 레몬, 사과가 놓여 있고 담장 가운데로는 복숭아 자두 포도가 놓여 있다(이것 자체도 쉽게 상상하기 힘든 불명확한 장면이다). 담 위에는 마늘이 매달려 있는데 아마도 마늘 껍질이 바람에 흔들리고 있는 듯하다. 이것은 서로 간의 관련성이 전혀 없는 대상의 집합이고 시적 주체와도 관련을 찾기 힘든 이상한 풍경이 아닌가. 인간적인 주체는 이 무의미한 풍경을 견디지 못한다. 뿐만 아니라 그것을 거기 그대로 두고 보기 힘들어한다. 아마도 오른쪽에는 왜 아무런 사물이 없는지 고심하게 될 것이고 각각의 과일을 좀더 관련성 있는 사물들로 배치하고 싶을 것이며 기어이 마늘에 손을 대서 빈 껍질을 매만지며, 가장 손쉽게는 속절없이 흩어지는 삶의 공허감에 대해 기술하게 될지도 모른다. "마늘 껍질은 달아나는 모자처럼 자신을 뒤쫓게 한다"는 구절은 바로 사물이 자신을 해석해달라고 요청하는 손짓처럼 느껴진다.

그러나 개입이 요청되는 바로 이 순간에 이수명의 시적 주체는 "하지만 나는 결코 담을 넘지 않을 텐데/담을 드러내지 않을 텐데"라고 말한다. 인간적인 해석과 개입을 제어하려는 의식적인 절제로, 바로 이런 대목 때문에 이수명의 시는 논리적이고 차분하며 지적으로 절제된 인상을 준다. 이수명은 사물의 의미를 손쉽게, 인간적으로 규명하려 하지 않고 오히려 의미를 부여하지 않는 방식으로, 해석하지 않고 '두고 보는 방식'으로 일단 사물을 '존재'하게 만든다. '의미'보다 '존재'가 더 중요하다는 발상이다. 존재를 있는 그대로 두고 보는 일이 가능하려면 번잡한 관계 속에서는 불가능하고 될 수 있으면 사물을 인간적 용도나 연관성 속에서 탈출시켜야 한다. 따라서 이수명에게 필연적으로 요청되는 것이 바로 시간과 공간을 제거하는 일이다. 보통의 시작법에서 제일 먼저 요청되는 '시공의 구체성'이 이수명의 시에서는 오히려 사물을 제대로 인식하기 위한 제일의 걸림돌이 되는 셈이다.

시공을 제거하면 각각의 사물들은 하나의 추상적인 기호가 되고, 구체성을 잃는 대신 유한한 질서와 인간성의 감염에서 최대한 보호받게 된다. 일종의 추상적 자유를 얻게 된다고 할까? 이수명의 시가 일종의 기호 놀이, 혹은 기호 탐구처럼 보이는 것도 이러한 이유다. 기계적인 논리회로를 더 가동시켜 보자. 이제 앞서 살펴본 ①, ②의 작품에서 한 걸음 더 나아가면 우리는 다음과 같은 시를 만나게 된다.

③

아침마다 사과를 먹는다. 몸속에 사과가 쌓인다. 사과가 나를 가득 차지하면 비로소 사과는 숨진다. 사과가 숨질 때 나는 사과나무를 본다. 사과나무는 아름답다.

때로 다른 일이 벌어지기도 한다. 내가 먹은 사과들이 내게서 탈주하는 것이다. 어제를 살해한 오늘의 태양처럼 빛나고 향기 나는 사과들. 사과는 사과나무를 불태운다. 사과나무는 아름답다.

—「사과나무」 전문

　우리가 사과를 먹으면, 그 사과는 어디로 갈까? 인간적인 관점에서라면 당연히 사과는 우리의 몸 안에 흡수된 뒤 제 소임을 다하고 남은 찌꺼기는 배출될 것이다. 그러나 이수명의 시에서 "때로 다른 일이 벌어지기도 한다". 즉 사과는 인간의 몸을 탈주하여 제 존재성을 드러낸다. 시적 주체가 아니라 사물이 먼저다. "어제를 살해한 오늘의 태양처럼 빛나고 향기 나는 사과들"이라는 말은 어제의 관행적인 용도를 폐기하고 새롭게 잠재성을 드러내기 시작한 사과의 무한한 가능성에 대한 찬탄으로 읽힌다. 이제 사과는 '사과나무에 열리는 것이 사과'라는 당연한 관계를 불태워버리고 제 '구속'에서 스스로 탈출한다. 역동적이고 힘차다. 이수명은 이들의 소유권을 주장하는 것이 아니라 사물이 역량을 발휘할 수 있는 놀이터로 자기 몸을 제공한다. 이렇게 사라져버리는 '인간적인 구속'은, 사과의 편에서, 아름다울 수밖에 없다. 이제 사물의 존재성이 제대로 발휘될 수 있는 기본 조건을 갖추게 된 것이니까 말이다.

3. 사물은 회전하기 시작한다

　초기의 이수명을 보고 있자면 타고난 감각이 기존 시적 주체의 발화 방식에 익숙하지 않았고, 바로 그런 이유로 다른 길을 탐색했으며, 끊임없이 낯선 감각을 찾아 움직였다고 말하는 편이 옳아 보인다. 논리적이고 이성적인 출발이 아니라 감각적이고 정서적인 출발이다. 이때 만난 것은 불협화음을 이루며 조성 없이 나열된 대상의 물질성, 그것이 만들어내는 현대성과 무한한 자유의 세계였던 것 같다.

예를 들어 한국시의 전통에 대한 기본 감각, 이에 대한 전면적 반성이라는 관점 없이도 이수명의 시를 직관적으로 이해할 수 있는 사람이 있다면 당신은 아마도 다른 장르의 예술이 성취한 '현대성'을 이미 습득한 사람일 수 있겠다. 주관적 감정의 전달을 위하여 전통적 균형과 고전적 아름다움을 거부하며 대상의 왜곡을 추구하였던 표현주의 미술의 체험이 있다든지, 원근법이 고의로 부정된 조르조 데 키리코의 「거리의 신비와 우울」(1914)을 보면서 낯설고 기묘한 느낌에 흠뻑 몸을 맡겨본 경험이 있다든지, 아니면 쇤베르크의 무조음악에서 출발하여 그의 제자였던 안톤 베베른과 알반 베르크의 작업들, 더 나아가 구소련 최고의 작곡가였던 쇼스타코비치의 「현악4중주」에 이르는 현대음악의 성과들에 깊이 감응하며 감동을 받았던 사람이라면 특별한 설명 없이도 이수명의 시집을 흥미진진하게 읽는 일이 가능하리라.

이런 추측을 해보는 이유는 이수명이 자신에게 영향을 준 예술가들을 거명하는 지면에서 이들의 이름을 모두 언급했기 때문이기도 하며 특히 "나는 쇼스타코비치에게서 현대성을 배웠다"[1]고 말했기 때문이다. 물론 이것은 시인의 주장을 작품 해석의 기원으로 삼으려는 단순한 발상에서 비롯된 전제가 아니라 이수명의 작품 세계를 더욱 풍부하게 감각하고 수용하기 위한 최소한의 '성실한 제안'이라고 이해하는 것이 맞겠다. 중요한 것은 역시 '인간성'이다. 쇼스타코비치의 「현악4중주」가 주로 표현주의의 전통 아래, 스탈린 시대 사회주의 리얼리즘의 도구로 차출된 자신의 현실적 자아에 굴욕감을 느끼면서 해방을 향한 개인적 염원을 담아 지극히 자유로운 형식으로 내면의 상처를 표현한 결과물임을 기억한다면 어찌되었든 쇼스타코비치 「현악4중주」의 방점은 작곡가의 내면과 그 '인간성'에 있음을 알 수 있다.[2]

하지만 이수명은 이러한 일반적 해석과는 거리를 두는 방식으로 쇼스타코비치를 수용한다. 구소련이라는 현실의 시공에 존재했던 인간 쇼스타코비치를 빼버리고(쇼스타코비치의 내면으로 음악을 환원하지 않고) 거기 남은 음의 물질성에 전폭적으로 귀를 기울이며 "그것은 일종의 투명한 얼음조각 같은 것이다. 덧붙여나가는 것이 아니라 깨뜨려가는 것, 하지만 그 형상마저 떠오르기가 무섭게 흔적도 없이 녹아버리는 것이다. 〔……〕 나는 형식 착란을 즐거워했고, 건조하게 직조

---

1) 이수명, 「우리는, 투명한 자들은, 더 멀리 나아갈 것이다」, 『작가세계』 1999년 봄호.
2) 알렉스 로스, 『나머지는 소음이다』, 김병화 옮김, 21세기북스, 2010, pp. 394~95 참조.

된 그들의 미로에서 모든 권위가 사라진 해방을 느낄 수 있었다"[3]고 말한다. 실제로 쇼스타코비치의 「현악4중주」를 듣다 보면 반복되는 테마도 없이 바이올린, 비올라, 첼로 음이 제 각각 불협화음을 이루며 병렬된 듯 비틀리고, 장조인지 단조인지 판단을 내리기 힘든 건조한 조성으로 낯설게 등장한 음이 다음 음으로 무화되는 체험을 수시로 반복한다. 명백한 윤기는 지워지고 인위성은 어둡게 강조되어 거의 미궁에 빠진 낯선 현대성의 감각을 경험할 수 있는 것이다. 이처럼 이수명은 무조의 세계, 불협화음의 세계, 형식 착란의 세계, 미로의 세계, 인간을 기원으로 삼지 않는 세계에서 오히려 해방감을 느낀다. 여기에 기하학의 세계가 더해진다.

④

내가 앉은 테이블에 세계도 앉는다. 그는 나를 소개한다. 비가 내리고 있고 그의 목소리는 잘 들리지 않는다. 그가 무어라고 손짓하면서 나를 일으켜 세운다. 나는 말한다. "화살표를 따라 가시오."

그가 머리 위로 손뼉을 친다. 팔을 열었다 닫으면서. 그는 두 팔의 대칭에 빠진다. 그와 나의 대칭에 빠진다. 나는 물에 잠긴 잠수교를 그린다. 나는 세계를 전염시킨다.

─「기하학은 두 번 통과한다」 전문

---

3) 이수명, 같은 글.

④에 이르러 이제 이수명의 시적 주체는 드디어 "세계"와도 마주 앉는다. 세계와 마주 앉는다니, 대단한 자신감이 아닌가? "세계"는 나를 소개하지만(나에게 말을 건네지만) 인간성, 혹은 인간적 해석을 제거하고 세계와 '순수'하게 만나려는 기획을 가진 이수명의 시적 주체에게 그 목소리는 제대로 들리지 않는다(손쉽게 해석되지 않는다). 이수명에게는 이것이 오히려 정상이다. 이번에는 "그"가 시적 주체를 일으켜 세우지만 그것이 정말 일어서라는 신호인지 어떻게 알겠는가? 시적 주체는 엉뚱하게도 "화살표를 따라 가시오"라는 말을 내뱉는다. 이쯤 되면 이 시는 지극히 추상화된 기호의 세계로 들어선 두 존재의 부조리극처럼 보인다. 액션과 리액션의 구조는 평균적 의사소통의 체계에서 벗어나려는 목적을 가진 상황에서 전개되는 것이기에 불교적 선문답의 향취까지 풍기게 된다. 그러니까 이수명에게 직선 혹은 곡선과 같은 '기하학'은 해석이 불가능한, 의미 부여가 불가능한 하나의 순수 기호, 혹은 존재 그 자체가 되는 셈이다(이후 이수명은 지속적으로, 그리고 자주 '기하학'에 대한 애호를 발동시키면서 성숙시킨다).

이제 "그"가 "머리 위로 손뼉을 친다". 일반 언어체계로는 해석이 불가능한 새로운 기호이다. 바로 이어서 "그"는 "그와 나의 대칭에 빠진다", 이것은 무엇을 의미하는가? '의미가 없다'는 것이 중요하다. 기이해서 불안한가? 기이해서 '자유롭다'는 것이 중요하다. 세계와 만나 그대로 '두고 보는' 것에서 한 단계 더 나아가 이제 이수명은 알 수 없는 세계와 병렬존재하면서 새로운 길을 트고 자기 몸을 비언어적 반응으로 내어주는 것이다. 이것은 일종의 모험이다. 이런 좁은 길을 찾아내는 것이 이수명의 사명이다. 사물과 세계를 새롭게 만나고 탐구하며 자유를 획득해나간다. "나는 물에 잠긴 잠수교를 그린다"는 구절은 세계의 물결 속에, 영향 속에, 자신을 맡기겠다는 말처럼 들리지 않는가? 그리하여 마지막 "나는 세계를 전염시킨다"는 구절은 보통의 인간적 해석과는 다른 모험을 벌이는 방식으로 자신을 포함한 세계를 새롭게 기술하겠다는 의지의 표현으로 읽힌다.

물론 다음과 같은 시도 있다. "나는 물고기/바다를 닫으려 했다./바다를 닫고 밖으로 나가려 했다./나의 외출 그러나/바다의 외출//바다는 나를 물고리라 불렀다/물고기가 널리 퍼졌다. 거품으로/거품은 다시 바다로/〔……〕//내가 한 마리/깊은 바닷속 물고기 되어/바다와 만나려 하였을 때/나는 눈을 뜬 채 바다 위로/바다를 벗고 떠올랐다"(「내가 한 마리 물고기였을 때」)라는 구절. ④보다 훨씬 순화된 방식으로 씌어진 이 작품에서 시적 주체가 바다를 닫겠다는 것은 역시 가당치 않은 불가능한 시도다. '나'보다 '바다'가, "나의 외출"보다 "바다의 외출"이 언제나 더 절대적으로 거대하기 때문이다. 따라서 시적 주체는 바다에 속한 물고기로서 그것이 무엇인지는 알 수 없으나 부여받은 속성을 인정하며 자신을 바다에 되돌려주는 작업을 순하게 수행한다. 시적 주체의 의지나 존재성을 최대한 희미하게 지워나가는 것이다. 물론 이 과정을 불안과 고통의 감정으로 읽을 수도 있겠다. 실제로 이수명의 시적 의지와는 달리 이번 시집의 어떤 풍경과 이미지는 자기 존재가 침탈당할지도 모른다는 불안을 암시하는 것처럼 보인다(이런 감정은 세번째 시집 『붉은 담장의 커브』(2001)에서 더욱 강해진다). 그런 가운데에서도 감지되는 것은, 세계가 쉽게 해석이 되지 않는 방식으로 나와 마주하고 있고 그렇게 마주한 세계에 속한 나 역시 손쉽게 해석되지 않은 이 사태를 통해 역설적으로 더욱 자유롭게 '내가 잘 나타나고 있다'는, 깊은 안전감과 만족감이다. 사물과 세계가 나를 지연시키면 (보통의 인간적 반응이 불가능한 방식으로 말을 걸어오면) 오히려 '나'는 잘 나타나고 있는 것이다.

시적 주체와 대상이 마주 보고 있는 상황에서 이수명은 지속적으로 자신의 에너지를 사물과 세계에게 되돌려준다. 이 과정이 자연스럽고 부드럽게 이어졌으면 좋겠지만 때로 지극히 과잉된 방식으로 이루어질 때도 있는데 이런 경우에도 이수명의 명철한 균형감각은 반성적으로 가동된다.

⑤

벨을 누른다. 깊이 잠들었던 집이 일어나 계단을 내려온다. 문이 모두 열려 있다. 집 안에는 철봉 하나가 놓여 있고 누군가 매달려 그 철봉을 넘고 있었다. "기다리고 있었소, 우리의 탈출 계획은 완전하지요." 철봉이 삐거거리는 소리가 몹시 크게 들렸

다. "우리는 모두 점화되었소, 나는 지체할 수가 없어요." 내 목
소리가 필사적으로 철봉에 부딪쳤다. 그는 점점 커다란 원을 그
리며 철봉을 잡고 몸을 돌리고 있었다. "당신은 내 발등에 돋은
불이오. 먼저 당신이 나를 돌리는 것을 멈추어야만 하오."

　　　　　　　　　　　　　　　　　　　──「철봉 넘는 사람」전문

　　역시 구체적 시간과 공간이 제거된 어떤 세계에서 시적 주
체는 알 수 없는 누군가의 집을 방문한다. "깊이 잠들었던
집"이 계단을 내려오고 문은 열려 있다. 그런데 특이하게도
이 집 안에는 철봉이 하나 놓여 있으며 누군가 그 철봉에 매
달려 철봉을 넘고 있다. 겹따옴표 안의 대사가 누구의 것인지
해석이 분명치는 않다. 세 문장 모두를 '철봉을 넘고 있는 사
람', 혹은 시적 주체의 대사로 몰아 읽는 것도 가능하겠지만
첫 대사는 '철봉 넘는 사람'의 것으로, 두번째 대사는 시적 주
체의 것으로, 세번째 문장은 다시 '철봉 넘는 사람'의 것으로
이해하는 편이 적절해 보인다.

　　이렇게 읽자면 "기다리고 있었소, 우리의 탈출 계획은 완
전하지요"라는 말과 "우리는 모두 점화되었소, 나는 지체할
수가 없어요"라는 말은 화자는 다르지만 모두 인간성에 감염
되지 않는 사물 혹은 세계와 순수하게 만나고 싶은 시적 주
체의 탈출 의지가 반영된 말로 읽을 수 있다. 문제는 "당신은
내 발등에 돋은 불이오. 먼저 당신이 나를 돌리는 것을 멈추
어야만 하오"라는 말일 텐데 이는 아무리 명철한 시적 방향

을 갖고 있더라도 그것을 실행하려는 초기 단계에서 어쩔 수 없이 만나게 되는 실패를 경계하는 말로 들리지 않는가? 놀라운 균형감각이다. 되짚어보자. ⑤에서 가장 독특하게 다가오는 것은 무엇일까. 비현실적 상황? 부조리한 대화? 맥락 없는 서사? 나에게는 그 무엇보다도 '철봉을 넘는 사내'의 이미지가 인상적이다. 그가 "점점 커다란 원을 그리며 철봉을 잡고 몸을 돌리고 있"다는 사실이 흥미롭게 다가온다. 다시 말하자면 대상과 세계에 지나치게 급작스럽게 힘을 몰아주면 불균형이 일어날 테고, 이는 많은 경우 과잉을 불러오는데 그것의 무의식적 이미지가 '커다란 원'으로 보인다는 것이다. 그러니까 이 사내는 "당신이 나를 돌리는 것을 멈추"라는 말을 통해 대상과 세계에 전면적인 에너지를 실어주려는 이수명의 의지에 성찰적인 제동을 거는 셈이다. 그 힘이 너무 세면 대상은 존재성을 드러내는 것이 아니라 오히려 제자리를 회전하는 반복 운동만을 반복하게 될 수도 있다. '회전하는 원'에는 사물의 편에서 이 세계를 기술하는 것이 쉽지 않으며, 사물의 존재성을 드러내지 못할지도 모른다는 이수명의 불안이 감추어져 있다.

4. 사물들이 우리를 본다

이처럼 이번 시집에서 '커다란 원' 혹은 '회전하는 원'의 이

미지는 가장 특징적으로 반복된다. 의식적이면서 동시에 무의식적인 '원'이고 '회전'이다. "걸어 나온 사람이 태양을 돌리고 걸어 들어간 사람이 태양을 돌린다"(「걸어 나온 사람과 걸어 들어간 사람」), "앵무새는 경쾌하게 노래하며 빙글빙글 돌았다. 나도 나의 무대도 빙글빙글 돌았다"(「앵무새」), "한 마리 물고기는/조금 작거나 조금 크게/원을 그리며/출발 지점으로 되돌아온다"(「물고기와 컴퍼스」), "채소들은 회전하고/순식간에 녹아서 사라진다"(「채소밭에서」), "염소가 바닥을 빙글빙글 돌고 있다"(「나에게 알려진 잠」)와 같은 구절들. 이는 시적 주체가 보낸 양적 에너지가 사물에 도착해 운동에너지로 전환된 결과물이기도 하며, 어떤 것도 개입되지 않은 순수 기호를 만나고자 하는 이수명의 상상력이 모든 인간적인 관여를 떨쳐내기 위해 기호를 그 자체로 회전시켜보려는 의지의 소산인 동시에 '빙빙 돌려보면 과연 무엇이 새롭게 나올까'라는 불안한 기대가 반영된, 스스로에게 던지는 일종의 난센스 퀴즈로도 읽힌다. 이런 상황에서 드디어 사물에게 과잉된 힘을 몰아주지 않으면서도 적절한 권리를 내어준다면 어떤 일이 벌어질까?

⑥
나의 양파들은 불탄다.
나의 양파들은 튀어 오른다.
나의 양파들은 나의 늪이다.

나아가고 나아갈수록 나는 나의 운명에 평등해졌다.

천 개의 흰 식탁보들이 일제히 춤을 춘다.
〔……〕

나아가고 나아갈수록 나는 나아가지 않았다.

다시 어둠이 와서 아침과 부딪칠 때 어둠은 나아가지 않았다.
　　　　　　　　　　　　　　　　　　—「양파」 부분

　양파를 까는 도중에 시적 주체는 양파에 물들고, 양파는 어
느덧 역동적인 운동을 펼치기 시작한다. 불타기도 하며, 튀어
오르기도 하고, 늪이 될 때도 있으며, 심지어는 식탁보마저
춤을 추기도 한다. 어떠한 금기도 없이 운동성을 발휘하는 사
물의 모습은 이수명의 초기 시에서 볼 수 있는 특징 중 하나
이다. 이 시집 이후, 사물들은 보다 정교하고 설득력 있게 땅
위로 내려와 낯선 길을 개척하며 제 존재를 드러낸다. 그러나
아직 초기이기에 일단 에너지를 주유받은 이수명의 사물들은
인간적으로 느껴지는 행로만을 논리적으로 제외시키며 나머
지 영역에서 제 안의 가능성을 모두 시험한다. 사물들은 천진
하다. 언뜻 멋대로 운동하는 것처럼 보이고 때로는 기묘하게
일그러질 때도 있는데 이 모든 일은 그 사물들의 잠재적 존재
성을 찾아내는 탐구의 과정이라고 생각하면 된다. 그렇지 않

겠는가. 사물의 관점에서, 사물이 주어가 되어, 이 세계를 다시 기술한다는 것은 누구도 가보지 않은 땅에 발을 딛는 것과 마찬가지이기에 초기의 이수명은 금지가 없어서 자유롭지만 금지가 없기에 조금은 불안한 마음으로 온갖 행동을 다 시도해볼 수 있었던 것이다. 끝없이 양파를 까듯이, "나아가고 나아갈수록 나는 나의 운명에 평등해졌다"는 말은 이수명의 시적 노력이 얼마나 단단한 의지와 자부심의 소산인지를 보여주는 말로 해석해도 과언이 아니다. 그럼에도 불구하고 왜 이 시는 '어둠'을 불러들이며 끝나는가. 이는 아마도 사물의 존재성을 완전히 드러내는 일의 불가능성을 알고, 스스로 밝힌 사물의 역동적 존재성을 다시 어둠으로 밀어넣으며, 끝까지 사물을 해석되지 않는 영역에 남겨 두려는 '이수명의 윤리'가 작동한 것이리라. 해석하고 명백하게 밝히는 것이 중요한 일이 아니라 존재의 가능성을 탐구하는 일이 중요하다면 끝내 밝혀지지 않는 영역을 그대로 보존하는 일이야말로 사물을 존재성을 보존하는 가장 현명한 길인 것이다.

이 시집 이후, 이수명은 시적 주체에서 사물로 이동하여 보다 적극적으로 사물의 편에서 세계를 기술하기 시작한다. 시적 주체 역시 하나의 대상으로 존재할 뿐이다. 그러나 방어본능을 발동하며 일어선 시적 주체의 목소리에 귀를 기울이면서 이번에는 사물의 실질적 위협을 인정하고 그것에 영향을 받는 시적 주체로 돌아온다. 이것은 기존의 인간주의적 시적 주체가 아니라 사물의 영향력에 너끈히 개방되어 있으면서도 제 주장을 펼 줄 아는 상호주관주의적인 시적 주체의 탄생을 의미하는 것이었다. 이후 과연 어떤 길로 전진할 수 있을까 싶었던 이수명은 비스듬하게 휘어지며 미세하게 쪼개지는 무한한 가능성의 시를 써나가기 시작한다. 그리고 마침내 가장 최근 시집 『마치』에 이르러서는 시간과 공간의 흔적을 보다 여유 있게 거느림은 물론, 현실의 지시적 대상과의 관련성 또한 암시하면서, 언어 자체의 자율성과 힘까지 역량 있게 직조할 수 있는 단계에 이르렀다. 이수명은 사물과 만나 매번 새로운 존재성을 탐구하면서 한층 더 설득력 있는, 유연하면서도 완성도 높은 작품을 써내기에 이르렀다.

사물의 관점에서 언어를 다룬다는 것은 언제나 새로운 모험이었다. 그렇지 않겠는가. 사물은 어떻게 말하고, 어떻게 생각하고(아니면 생각하지 않고), 어떻게 웃을까? 인간과 같은 감정이 없다면 어떻게 느끼고 어떻게 보고, 어떻게 행동할까. 아무렇게 쓰면 그것이 사물의 것이 될까? 멋대로 쓴다고 다 이수명처럼 쓸 수 있을까? 이런 이유로 이수명의 시는 명철한 시적 의지를 밑바탕에 깔고는 있었지만 그 위에서 벌어지는 언어의 운용은 단어 하나, 문장 하나가 미지의 세계에 발을 내딛는 자의 첫발과 같았다. 덧붙여 이수명이 자기 언어를 통제하며 강력한 시적 기획 하에 모든 시를 쓴다는 생각은 오늘날 한국 시단에서 이수명만큼 개성적이고 강력한 시론을 가진 시인이 많지 않기 때문에 더욱 그럴듯하게 여겨진 측면이 없지 않지만 지금 발표되는 이수명의 시를 보면 그러한 진단

이 얼마나 편협한 견해인지 충분히 확인하고도 남을 것이다.

여기까지 오기 위해 이수명은 현대적 감각에의 몰입, 반성적 기획, 학구적 열정이라는 초기 단계를 거쳐야 했다. 이수명은 말한다. 대상은 나를 지연시킨다, 그래서 나는 잘 나타나고 있다고. 이번 시집은 바로 이 초창기의 시적 감수성 안에서 온갖 시행착오, 한계, 가능성의 확인, 무한의 열망, 균형의 상실, 역동성, 또 다른 의지의 반복을 실험하며 사물의 편에서 미지와 대면하려고 노력했던, 우리 시의 한 급진적 전위가 시도한 탐구의 기록이다.

  1975년 출범하여 오늘까지 이어져온 '문학과지성 시인선'
이 독자들의 사랑과 문인들의 아낌 속에 한국 현대시의 폴리
스Polis를 이루게 된 사실은 문학과지성사에 내린 지복이기
도 하지만 동시에 한국시를 즐겨 읽는 독자들에겐 '상리공생
(相利共生)'의 사안이기도 하다. 왜냐하면 한국시의 수준과
다양성을 동시에 측량할 수 있는 박물관의 역할을 이 시인선
이 해줄 수 있기 때문이다. 요컨대 여기는 한국시의 '레이나
소피아Reina Sofia'이다. 시의 '뮤제오 프라도Museo Prado'
가 보이지 않는 게 아쉽긴 하지만.

  그러나 '문학과지성 시인선'이 현대시의 개성들을 다 모아
놓고 있다고 오연히 자부할 수는 없다. 시인선의 편집자들이
한국어의 자기장 내에서 발화하는 시의 빛점들을 포집하기

위하여 고감도 안테나를 드넓게도 촘촘히도 작동시켰다 하더라도, 유한자 인간의 "앨쓴"(정지용, 「바다」) 작업은 빈번히 누락과 착오로 인한 어두운 그늘들을 드리워놓기 십상이기 때문이다. 환상과 우연의 힘들은 완전하고자 하는 의지를 김 빼는 한편, 우리의 울타리 바깥에서도 시의 자치구들이 사방에 산재해 저마다 저의 권역을 넓혀나가고 있다는 사실을 확인케 해 새삼 우리를 겸허한 반성 쪽으로 이끌고 간다.

모든 생명적 장소가 그러하듯이 시의 구역들 역시 활발한 대사 운동 끝에 팽창과 수축을 거듭하면서 크게 자라기도 하고 소멸되기도 한다. 때로는 구역의 진화와 시의 진화가 심히 어긋나는 때가 있으며, 그중 구역은 사용을 멈추었는데 시는 여전히 생생히 살아 있을 경우야말로 애달픈 인간사 그 자체가 아닐 수 없다. 외로 떨어진 시 덩어리는 우주선과 잡석들이 빗발치는 망망한 말의 우주의 유랑자의 위상에 처하게 되고 갈 곳 모른 채 표류하다가 서서히 소실의 검은 구멍 속으로 빨려 들어가거나 완벽한 정적의 외진 구석에 유폐된 채로 그 자리에서 먼지로 화할 수도 있을 것이다.

실로 한국 현대시 100년을 경과하면서 역사의 무덤 속으로 들어가기를 거절하고 삶의 현장에 현존하고자 하는 의지를 내뿜는 시뭉치들이 이곳저곳에서 출몰하는 횟수를 늘려가고 있었으니, 특히 20세기 후반기에 출판되었다가 다양한 사연으로 절판되었거나 출판사가 폐문함으로써 독자에게로 가는 통로를 차단당한 시집들의 사정이 그러하여, 이들이 벌겋게 단 얼굴로 불현듯 우리 앞을 스쳐 지나갈 때마다 우리는 저 시뭉치의 불행과 저들과 생이별하여 마음의 양식을 잃은 우리의 불운을 한꺼번에 안타까워하는 처지에 몰리게 된다.

그리하여 우리는 '문학과지성 시인선' 내부에 작은 여백을 열고 이 독립 행성들을 우리 항성계 안으로 모시고자 한다. 이는 '시인선'의 현 단계의 허전함을 메꾸기 위함이요, 돌연 지구와의 교신망을 상실한 시뭉치에 제2의 터전을 제공하기 위함이요, 독자의 호시심(好詩心)에 모자람이 없도록 하고자 함이니, 이 삼중의 작업을 한꺼번에 이행함으로써 우리는 한국시에 영원히 마르지 않을 생명샘의 가는 한 줄기가 될 수 있기를 소망한다.

이 작업을 통해서 우리는 옛것의 귀환이라는 사건을 때마다 일으킬 터인데, 이 특별한 사건들은 부족을 메꾸는 부정-보충적 행위를 넘어 새로운 시의 미각적 지대, 아니 더 나아가 새로운 정신적 지평을 여는 발견적 행동이 되고야 말리라는 것을 확신하는 바이다. 우리가 특별히 모실 이 시집들의 숨겨진 비밀이 워낙 많다는 뜻을 이 말은 품고 있거니와, 진정 이 시집들은 처음 세상에 모습을 드러내었던 당시 독자를 충격했던 새로움을 보존할 뿐만 아니라 같은 강도의 미지의 새 새로움의 애채를 옛 새로움의 나무 위에 돋아나게 해줄 것이 틀림없다. 그리하여 독자는 시오랑E. M. Cioran이 언젠가 말했듯 "회상과 예감réminiscence et pressentiment이 반대 방향으로 멀어지기는커녕, 하나로 합류하는"(「생-종 페르스Saint-

John Perse」, 『예찬 실습 *Exercises d'admiration*』 in 〈저작집 *Œuvres*〉, Pleiade/Gallimard, 2011) 희귀한 체험을 생생히 누리리라 짐작하거니와, 이 말의 주인이 그 체험의 발생주체로 예거한 시인을 가리켜 "모든 시간대에서 동시대인으로 존재하는 사람un contemporain intemporel"이라고 말했던 것과 마찬가지로, 이 체험의 신비함이야말로 모든 시간대에서 최고의 신선도로 독자를 흥분케 할 것이다.

그렇긴 하지만 우리는 이 재생의 사건들을 특별히 꾸미는 별도의 총서는 자제하였다. 그보단 우리의 익숙한 도시인 '문학과지성 시인선' 안에 포함시키고자 하는데, 우리의 '시인선' 자체가 늘 그런 신비한 체험을 독자들에게 제공해주기를 기대하기 때문이다. 다만 아주 시치미를 떼어서 독자를 정보의 결핍 속에 방치하는 우를 범할 수는 없는 연유로, 처음부터 시작하는 번호에 기호 R을 멜빵처럼 감쳐서, 돌아온 시집임을 표지하고자 한다. R은 직접적으로는 복간reissue의 뜻을 가리키겠지만 방금의 진술에 기대면 이 귀환은 곧 신생과 다름이 없어서, 반복répétition이 곧 부활résurrection이라는 뜻을 함축할 뿐 아니라 더 과감히 반복만이 부활을 가능케 한다는 주장까지 포함할 수 있을 것인데, 그 주장이 우리 일상의 천편일률적이고 지루하고 데데한 반복을 돌연 최초의 생의 거듭남으로 변신시키는 마법의 수행을 독자들에게 부추길 것을 어림한다면, 그것은 아무리 되풀이 강조되어도 지나치지 않을 것이다. 더욱이나 어느 현대 시인은 "R이 없어서,

죽음은 말 속에서 숨 막혀 죽는다*Privé d'R, la mort meurt d'asphyxie dans le mot*"(에드몽 자베스Edmond Jabès, 『엘, 혹은 최후의 책*El, ou le dernière livre*』, 1973)는 촌철로 언어의 생살을 도려내었으니, R을 통해서만 언어는 존재의 장식이기를 그치고 죽음조차 삶의 운동으로 되살리는 것이다.

  그러니 '문학과지성 시인선'의 새로운 R의 행렬 속에서 우리가 독자들에게 바라는 것은 이 한 글자의 연장이 무엇이든 그 안에 숨어 있는 한결같은 동작은 저 시인이 암시하듯 숨통 터주는 일임을 상기해달라는 것이다. 이 혀를 안으로 마는 짧은 호흡은 곧이어 제 글자의 줄이 초롱처럼 매달고 있는 시집으로 이목을 돌리게 해, 낱낱의 꽃잎처럼 하늘거리는 쪽들을 흔들어 즐겁고도 신기한 언어의 화성이 울리는 광경을 마침내 목격하고 청취하는 데까지 당신을 이끌고 갈 수 있을 터이니, 그때쯤이면 이 되살아난 시집의 고유한 개성적 울림이 시집에 본래 내재된 에너지의 분출이면서 동시에 그것을 그렇게 수용하고자 한 독자 자신의 역동적 상상력의 작동임을 제 몸의 체험으로 느끼게 되리라.

(주)문학과지성사